별을 스치는 이 바람 소리

별을 스치는 이 바람 소리

장 선 시집

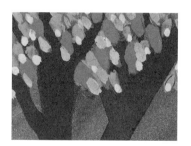

푸른사상
PRUNSASANG

▪ ▪ 서시

이제는 모두 다 사라지고 없는
빈 뜰을 다시 가꾸기 위해서

씨앗을 깨워 별을 향해 피어날
꿈을 꾸게 하기 위해서
이 시들을 씁니다.

태고로부터 우주의 끝까지
날아가는 영혼의 속삭임을

고뇌의 심연에서 솟아올라
하얀 웃음을 터트리며 골짜기를
굴러 흐르는 맑은 물살을

젖을 줄 아는 마음을 가진 친구여
어느 쓸쓸한 저녁 먼 곳에서 와
문득 문 두드리는 다정한 벗이여

별을 스치는 이 바람 소리를
당신께 드립니다.

먼 나라 둘

너울 셋

꿈길 빛

이별 다섯

향르 다섯

산마을 일곱

푸르름 여덟

반딧불 아홉

그리움 해서

앞집 작은 왕자

그때에는 몰랐었다.
노랑 나비 잡아주던 다섯 살 난
앞집 소년이 훗날 때때로 그리울 줄을

그가 이름 없는 별 하나 되어
먼 내 하늘의 초롱불 빛으로 남을 줄을
그때에는 몰랐었다.

우리가 헤어졌던 어린 시절
내가 나비를 죽음처럼 무서워하게 될 줄을
그때에는 몰랐었다.

어두움 속에서 빗방울처럼 헤맬 때
등불을 밝혀들고 작은 왕자가 나를 찾아와
허공을 비춰주고 떠나갈 줄을
그때에는 몰랐었다.

나리의 추억

시냇물이 풀려 다리 아래에서 햇살로 몸을 씻던 날
나리가 꿈꾸듯이 속살거렸다.
　　난 죽어서 물빛 같은 흰 비둘기가 될 테야.

속삭임은 소녀들의 티 없는 웃음소리에 날아가
마지막 단장을 하고 있는 꽃봉오리들 사이로
미풍처럼 흩어졌다.

물길을 따라 너울거리며 봄이 가고, 여름도 가고
성큼 하늘이 멀어져 버린 날
금강석 돛단배 띄우고 나리도 떠나갔다.

굵은 눈물 방울로 교실이 홍수가 진 아침
눈이 부시도록 하얀 비둘기 한 마리 날아들어 와
우리들 머리 위로 원을 그리며 돌았다.

하나씩 만난 인연들 그립게 창가에 앉아 바라보디니

청옥빛 가을 천공 속으로 반짝임 되어 사라졌다.

우리들 모두 흩어져 어디로 거품처럼 갔을까?
살금살금 지나가는 세월의 그림자 밑에서
하나둘 희어지는 머리카락들과 눈가의 주름들을 세며
함께 지낸 어린 시절을 가끔은 기억하고 있을까?

우리들 가슴에 회오리 바람 일구던 그 벅찬 비밀을
아직도 환희의 불꽃처럼 간직하고 있을까?

상처

사과탄 파편 구르는 교정에서
날마다 젊은이들은 돌을 들고 뛰었다.

눈물과 콧물로 범벅이 되어 흠뻑 젖은
수건으로 머리를 동여매고 뛰었다.

교문 앞에는 그들의 형제들이 전경 되어
마스크와 별과 총대를 매고 서 있었다.

교정의 나무들은 이파리마다 이슬처럼
맺혀 있는 최루가스 냄새에 죽어가고

허리 잘린 땅의 몸뚱어리에서는
피멍울 든 꽃들이 피어나
이글거리는 분노들이 벌거숭이로 춤을 추었다.

어두움에서 어두움으로 이어지는 부끄러운
역사의 쳇바퀴는 쉬지 않고 피를 뿌리며 돌고
수많은 사람들이 미친 채로 살아갔다.

부유

아침마다 낯설고 초라한 여관방을 나와
또 다른 곳으로 떠나기 위해
버스를 탄다.

때로는 외딴 절에서 묵기도 하고
때로는 먼 섬으로 가는
배도 탄다.

나는 이 광막한 천지에 갈 곳 없어
초록 별 위를 떠도는
보잘것없는 눈 한 송이.

그러나 또한 눈 한 송이는
전 우주를 그 한 점 속에 품고 있는
거대한 인식(認識)이기도 하려니

내 눈물이 물결 위에 떨어져 바다가 되고
내 무거운 머리가 풍차처럼 돌고 돌아
바람이 된다.

우리들의 전쟁

전쟁은 먼 곳에서나 일어나는
불꽃 튀는 총싸움 같은 것만은 아니다.
우리의 뼈를 위협하는 북한의 붉은 깃발이나
제국주의 사상에 사로잡힌 이웃만도 아니다.

전쟁은 바로 나의 끊임없는 고통 속에 있으며
우리들 마음속에서 우글거리고 있는
독사떼들이다.

탐욕과 질투, 원한과 복수심, 심술과 남이
자기와 다른 것을 받아들이지 못하는 미움들,
그 속에 근원을 두고 독을 뽑아 올린다.

이렇게 발화한 전쟁은 가정의 불화 속에 퍼지고
이웃에, 마을에, 나라에, 그리고 세계로
번지는 불길이 되어

스스로를 죽이고, 죄 없는 사람들을 살생하고,

인류를 암흑으로 몰고 가는 악마의
전차 부대가 된다.

그 위에서 펄럭이는 절망의 깃발은 바로
우리 자신의 얼굴이다.

상징

세계의 복잡한 움직임과 개인의 운명 사이에
어떤 함수가 적용될 수 있다는 것일까?

수 광년 떨어진 하늘의 별자리와 인간 사이에
어떤 보이지 않는 힘이 있어
그들을 한 몸으로 묶어놓을 수 있다는 말일까?

온 누리에 존재하는 모든 것이 상징인 까닭이리라.
　　나무 이파리 하나가 그 나무를 상징하듯이

우리는 우리가 몸 담고 있는 이 사회, 이 나라,
이 세계, 이 우주의 상징인 까닭이리라.
우리들의 행위 하나하나가 우리 삶의 상징이듯이.

하늘과 뿌리

살점마다 영혼이 묻어 있고
영혼의 구석구석에 살점이 한 올로
꿰매어져 있는데

내 정신은 하늘을 향하여 가지를 뻗고
내 뿌리는 만 겁의 지옥 속으로 내린다.

죽는다.
죽어서 나는 어디로 갈까?
어느 곳을 나는 또 떠돌까?

오늘 밤에 별 하나가
어느 하늘에 태어날까?
아니면, 별 하나가 죽어 어느 땅에 떨어질까?

그러나 나는 자연에 속한 한 사물
계절이 돌고 돌아야 죽고 나는
나무인 것을…

제자들에게

계절은 어김없이 영글어 가을의 숭고한 아름다움으로
엄숙해지려는데, 봄의 문전에서 얼어붙은 땅을 두드리며
기다림과 호기심으로 움터 오르는 싹을 기다리던 나는
아직도 여전히 닫아 걸은 문밖에 서 있음을 본다.
그래서 나는 또 내 문밖에 서 계신 분을 생각한다.

가면을 벗어버리고, 허물어진 그대로, 보잘것없는 모습
그대로, 깨어진 가슴 그대로, 석양처럼 신비스러운 영혼
그대로, 우리, 친구가 되자.

우리가 뛰어넘을 수 없는 벽은 얼마나 많은 것이겠니.
그것 또한 은혜로 받아들이자. 부서진 것들의 소중함과
아픔 속에서 캐낼 수 있는 진주를 말이다.
헤픈 웃음과 고뇌를 이기고 피어오르는 그윽한 미소를
바꿀 수 없음을 말이다.

남을 생각할 줄 알되 남의 눈치를 보지 않는,
옳다고 생각하는 것을 거침없이 행할 줄 아는 큰 나무들로

자라거라. 비판할 줄 알고, 창조할 줄 아는 미래의
민주 시민으로 자라거라.

아무리 근사한 직업이라도 그것이 삶의 목적이 되어서는
안 되며, 각자에게 주어지는 각기 다른 길을 통하여 가장
신에 가까운 한 점에 이르려는 노력이
우리의 목적임을 잊지 말자.

옷깃을 스치며 지나버린 우리의 인연이 마음 한 구석이
텅 비도록 황량하구나. 지나쳐 되돌아올 수 없는 날들의
향수까지 너희들을 사랑하리라.

천사의 탄생

한 천사가 어떤 별나라에 살고 있었다.
괴물 같은 날개로 세상을 뒤덮는
그런 거대한 천사가 아닌
한 작은 천사가.

그는 천 년 전부터, 만 년 전부터,
아니 더 오랜 옛날, 별들이 떠도는 불덩이
속에서 태어나기 시작할 때부터 있었다.

이따금 그의 눈부시게 하얀 깃털 하나가
떨어져 새처럼 날아가버리고 나면,
이튿날 아침엔 그 자리에 더 예쁜 깃털이
새로 생겨났다.

그리하여 그는 걱정이 없었다.
때로는 뭉게구름 위에 앉아 투명한 여섯 모
결정체를 만들어서 한없이 흩뿌리기도 하고

때로는 큰 창 하나 지붕에 달린 오두막에 앉아
시시각각 변하는 하늘빛에 매료되어
숲에 내리는 음악을 들었다.

그는 행복한 것 같았다.
그러나 가끔은 슬픈 것 같기도 하고
외로운 것 같기도 하고, 무엇인가 그리운 것
같기도 했다.

이런 이상한 생각으로 마음이 동요되어 있던
어느 날 밤, 영롱한 눈물 방울 하나가
그의 별에까지 날아올라 왔다.

어느 서러운 여인의 기쁜 소망이
그 안에서 장미 석영처럼 빛나고 있었다.

여인은 한적한 밤 바닷가에 홀로 서서
달빛이 내려와 물길을 튼 윤슬 위로 높이

뛰어오르며 노는 물고기를 바라보고 있었다.

꼬마 천사는 그 여인에게로 가서
아들이 되고 싶었다. 그는 눈물 방울을 타고
슬픔보다 더 빠르게 지구로 떨어졌다.

먼 나라 둘

먼 나라

아침 바다 위로 수처럼 놓여 있던 배들을 따라
망막한 얼굴들 지평선 너머로 사라져 버리고

아픔과 회한만 남은 가슴을 덩그러니 안고
잿빛 종이 위로 나는 어둠처럼 굴러 떨어진다.

머뭇거리는 발 밑에서 좌절과 회의가 먼지처럼
뭉실거리고 일어나 내 발걸음을 휘돌며 따라온다.

정녕 다시는 날 수 없는 날이 오더라도
낯설은 먼 곳에서 자취 없이 진다 하더라도

함묵하는 이 세월 속에서 언젠가는 밖으로 쏟아낼
가슴 가득한 말들을 영글리는 그 하나의 보람으로
이 끝없는 날들을 지켜가리라.

기억하시는지요?

검은 장막 뒤에서 천둥 울리고 창가에 비바람 몰아치던
그 여름밤을 기억하시는지요?
제 존재의 두꺼운 어두움이 한밤중에 저를
흔들어 깨웠습니다.

저를 데려가시겠던 당신의 목소리를 그때 들었습니다
물결 같은 평화가 폐허 속에서 바람처럼 일어나
제 영혼 전체로 잔잔히 퍼졌습니다.

그러나 갑자기, 늘 가슴 한 구석에 웅크리고 있던 질문이
뱀처럼 고개를 들고 빈 동공으로 저를 빤히
바라다 보았습니다.
　나는 이 세상에 무엇하러 왔지?

그리하여 기쁘게 당신을 따라가는 대신 시간을 달라고
빌었습니다. 점점 빨라지는 소용돌이가 저를 안고
나뭇잎처럼 맴돌며 침묵의 심연 속으로

아스라이 떨어져 내렸습니다.

창살로 파고드는 어스름한 아침,
당신은 밤과 함께 떠나시고 아니 계셨습니다.
그리하여, 다시 열여덟 해를 살면서 삶의 의미를 찾아
헤매고 있습니다.

아마도 그것은 제가 지내온 시간 자체이며
제가 살고 있는 이 시간과
앞으로 살아갈 그 시간 자체이겠지요.

빈 뜰에 씨앗 뿌리고 맑은 샘물을 나누어 마시며
제자들과 진실한 삶을 이야기할 수 있었던 행복한 순간마다
존재의 뜻을 찾은 것도 같았습니다.

진실에 이르는 수천 갈래의 길 위에서
하나의 징검다리 된 듯도 하였습니다.

의미로 가득한 우주가 저를 죄이는 순간

문득 저를 부르시는 당신의 천둥 같은 음성을 들을 것만
같아, 겁이 나기조차 하였습니다.

그러나 곧 평안은 불안과 섞이고 확신은 회의에 물들어,
아무것도 깨우치지 못했음을 아프게 느끼는 것입니다.

그렇게도 수없이 알을 깨고 날아오르는 줄 알았었던
발걸음들이 그저 머언 먼 방황의 길이었음을
어둠 속에서 한 발자국도 나오지 못했음을…

라인강가에서

라인강가에 서서 물결 소리를 듣는다.
고물에 향수(鄕愁)를 매달고
떠나가는 뱃소리를 듣는다.

머릿속으로 윙윙 지나가는
바람 소리를 듣는다.

학교 뒷동산 소나무 꼭대기 위에서
오래 나를 기다리고 있었던 고승 같은
바람의 속삭임을 다시 듣는다.

태양과 달과 첫 번째 별과 함께
우리는 태어났노라고

그와 나는 이 천지를 떠도는
한 생명이라고…

나 그대로

나 그대로인 노을이고 싶다.
가슴에 넘치는 슬픔
그대로 물결이고 싶다.

세월이 지나도 퇴색하지 않고
멀리 떨어져 있어도 잊지 않는
그리움이고 싶다.

석양빛 머리에 이고 바람에 잎 날리며
천 년을 하루 같이 서 있는
한 그루 나무이고 싶다.

우주의 무의식으로 허물어지는
한 줌의 흙이고 싶다.

청명한 아침

서성거리던 유령 같은 간밤의 꿈자리
새떼들처럼 날아간 청금석 하늘과

초록빛 사이에서 떨어져 내리는
하얀 꽃 이파리들로 엮어주시는 하루를
두 손 모아 받습니다.

곱게 내리는 햇빛에 고뇌를 털어 말리고
흐느낌처럼 평안 속에 잠깁니다.

방황하던 에움길들을 다 지워버리고
당신께로 건너가는 길 하나만 남깁니다.

당신의 여울물에 제 풀빛 그림자를 띄우고
종이배 되어 떠갑니다.

가로등

회색 보도 위에 홀로 고개 떨구고
키다리 가로등이 울고 서 있다.

아무리 높이 날아오르려 해도
그 하늘은 늘 멀고

아무리 바다를 닮으려 해도
그 속은 아득히 깊어

유행가 가사 조각처럼 닳아빠진
인생을 끌쩍거리다

어둠에 묻은 익명의 얼굴로도
부끄러워 고개를 떨구고

빗물에 울음을 씻어내고 서 있다.

다른 세상

이렇게 세월을 한 입 한 입 베어 먹노라면
자취 없이 사라질 날이 오겠지요.
그때 또 다른 세상이 있어 꿈을 꿀까요?

지금처럼 날마다 꿈속으로 달려가
그리운 사람들을 만나듯이
그때 또 이 세상의 일들을 꿈을 꾸며 기억할까요?

아니, 눈 감으면 까만 어두움
아무것도 남아 있지 않은 바람 소리

그리고 빗방울 되어 별을 적시며
나는 아무것도 기억하지 못할 것입니다.
나는 아무것도 아닐 것입니다.

자유스러움 가까이

깊어가는 회의를 사랑하며
한 방울씩 괴는 샘물 한 바가지 마실 수 있는
갈증의 끝까지 걸어가리라.

없음 가까이
물결 되어 부서지는 자유스러움 가까이
지친 발을 끌고 가리라.

가슴속에서 썩는 것들
거름 되어 아름드리 나무 되리니
나 그 무성한 잎사귀 그림자에 누워
피곤한 단잠을 자리라.

내 고향으로
비 내리는 숲 속 오두막으로
노을 지는 작은 별로
바람 이는 바닷가로 돌아간
꿈을 꾸리라.

두꺼비

이 세상의 모든 것, 손가락 사이로 새어 나가는
물방울들처럼 사라져 갑니다.

그러나 사람들은 도금한 쇳조각의 색깔이 변할까
그렇게도 염려하면서, 자기 마음의 빛깔이
제멋대로 변질하는 것은 조금도
염려하지 않습니다.

몇 푼 안 되는 돌 조각이 가짜가 아닐까
무척이나 걱정하면서

자기 입에서 튀어나오는 가짜 말들에는
조금도 신경을 쓰지 않습니다.
말할 때마다
두꺼비와 뱀들이 튀어나와도 말입니다.

이별

햇빛 먹은 잎새들 무지개 조각 되어
은가람 물에 흘러간다.
안개에 젖은 새벽길을
이제 내가 구름 되어 떠나간다.

창문에서 몰래 나를 지켜보고 있던
잠이 덜 깬 얼굴 하나
황금 물결로 구르는
가랑잎들을 밟으며 나를 따라온다.

햇님처럼, 달님처럼
비껴가는 우리들의 시간과 공간…

하나씩 잊혀지는 연습을 한다.
외로 떨어져 나가 아무도 없는
본래의 벌판에 서게 될 준비를 한다.

한울에 숨겨진 비밀스러운 안무를

따라 우리가 흘러간다.

소리 없는 질서에 따라 우리가 항해한다.

꿈

꿈을 꾸는 일은
가장 위험한 일입니다.

단어 속에서 향긋한 꽃송이와
보석들이 쏟아지는 꿈

신의 현명함 한 조각을
주워 갖는 꿈

깨어진 조각들마다 묻어 있는
피멍울 진 살점들을 구슬로 영글리는 꿈

꿈을 꾸는 사람은 현실 속에서
늘 아픔에 떨어야 하기 때문입니다.

너울 셋

사는 까닭

하나씩 무너져 가버린 환상으로
폐허가 되어버린 왕국에는
살아갈수록 어리석어지는 내가 살고 있습니다.

세월이 흐를수록 낯설어지는 이 세상은
물살을 거스르며 살아온 내 시간의 모랫벌에
한 알의 진주만 한 의미도 남겨주지 않았습니다.

그러나, 물결에 씻어내지도 못하는
사막 같은 영혼을 헐떡이며
먼 눈길 드리우고 아직도 걷는 까닭은

숱한 죽음과 생명을 품고서도 묵묵한
산맥의 등성이로 눕고자 하는 까닭입니다.
무수한 신비의 보고를 품고서도 잔잔한
아라의 물결로 출렁이고자 하는 까닭입니다.

빈 길

이제는 참아내야 하는 세월로 지키는
헛되이 약속된
미래도 없는

황량한 이 벌판의 삶을 사랑하며
내 자신으로 난
빈 길로 걸어갑니다.

다시는 아무런 환영에도 뒤돌아서
눈멀고 귀먹은 돌 석상이
되지 않기 위해

겹겹이 쌓인 꿈
그 꿈들을 한 올씩 풀어버리며
들길의 풀잎처럼 소리 없이 갑니다.

호수의 물결

호수의 물결이 내게로 다가와서
물비늘 사잇길로
나를 데리고 간다.

백조 한 쌍이 네 마리 새끼를 거느리고
자랑스럽게 내 가슴 위로 헤엄쳐 간다.

물방개 등 위로 파문을 그리고 있던
반달이 내 눈 속으로 들어와
나는 우주를 담는 그릇이 된다.

새해의 아침

새해의 아침은 아직도 간밤의 안개에 덮히어
　　　낯선 거리에서 길을 잃고 헤맨다.

지구의 다른 한 구석까지 밀려와
　　　모든 희망을 잃는다.

세상이 벗어던지고 잊어버린 헌 옷을 걸치고
　이 유배지의 암흑 속으로 내가 사라진다.

　　　내 자신 바깥에
　　이 세상 바깥에
　그리고 타인의 바깥에 서서

모래벌 위의 발자국처럼 내가 지워진다.

밖으로 난 내 문의 열쇠를 가진 사람은
　내가 아니라 타인들이기 때문이다.
그들이 내 존재의 발판이기 때문이다.

밤의 너울

〈소유하다〉라는 동사를 머리에 이고 낮이
    힘겹게 시달리다 가고 나면
〈존재하다〉라는 동사를 가슴에 안고 밤이
  찾아와 눈부신 물결로 내 영혼을 흔든다.

더 이상 흐르는 시간도 닫힌 공간도 없다.
      현실과 꿈, 타인과 자아,
신과 그의 영상을 본 따 창조된 인간 사이의
    커다란 어긋남도 더 이상 없다.
      내 안에서 신을 만난다.

별들 사이를 항해하기 위해 길을 떠난다.
미리내 끝까지 날아가 우주의 끝없음을
        가볍게 포옹한다.

추억의 향기

나뭇잎 사이로 비치는 가을날
달님 같은 빛으로
너를 그러안는다.

이 세상이 어둠 속으로 사라지지 않도록
밤을 지키기 위해 피어나는
분꽃 잎의 향기로운 마음으로
너를 응시한다.

무너진 돌더미 사이에서
미소 한 조각이 들꽃처럼 피어나
청색 하늘에 긴 흰 줄을 그으며
동쪽으로 날아간다.

떠돌이

　가버려! 가버려!
한 금발머리 소년이 코를 유리창에
비뚤어지도록 박고
나를 가리키며 계속 소리를 질러댄다.

　애야. 어디로 가버리라는 말이니?
지구는 네 집인 것처럼 또 내 집인걸.

　그렇지만 애야,
　어쩌면 네 말이 맞는지도 모르겠다.
　나는 이 무거운 육신을 짊어지고
　이 별에 오지 말았어야 했을 게다.

　신(神)이 나를 부르셨을 때
　그분을 따라갔었어야 했을 게다.
　아무 짝에도 쓸모없는 내 존재의 의미를
　찾겠다고 나서지 말았어야 했을 게다.

그대는 누구신가요?

뒤돌아 울며 돌아서던 이별의 아픔만
바다에 홀로 떠 있는 작은 섬처럼
늘 간직하게 하시는
그대는 누구신가요?

먼 시간과 공간을 지나
제 마음 어느 곳엔가
빈 그림자로 숨어 계시는
그대는 누구신가요?

누군가 있는 듯하지만
아무도 없는 허공에서 저를 보시며
다정히 웃는 눈길을 지니신
그대는 누구신가요?

꿈길 빛

떨어지는 꿈

새떼들이 보금자리로 돌아가는 시간에는
꿈속 미지의 님 오시기를
문에 서서 기다리고 싶습니다.

별들이 하나둘 불 밝히는 시간에는
그의 어깨에 기대어
별들의 신화를 듣고 싶습니다.

달빛이 우리 영혼 위에 내려와 앉는 시간에는
눈부신 흰 날개를 펼치고
그와 함께 천공을 날고 싶습니다.

꿈이 하나, 모차르트의 피아노 협주곡으로
내리는 빗속에 눈물 방울로
떨어집니다.

옛 도시

안티펠루스 고대 원형 극장의
부서진 돌계단 꼭대기에 앉아
터키옥 같이 짙푸른 지중해와
묵묵한 옛 도시를 내려다본다.

요란스럽게 몸짓을 하고 있는
작은 사람들을 가득 싣고서
배들이 무리를 지어 지나가고
도시의 석관(石棺) 속에서는
리키아 사람들이 오랜 잠을 자고 있다.

산호 같은 노을 아래에 띄우고
어느새 검푸른 산 너머로 해가 기우니
유칼리나무 잎사귀 속에서
수다를 떨던 새들이
갑작스레 사방으로 날아가 버린다.

온 누리를 돌던 보름달 하나

벽옥(碧玉)의 수평선을 밟고 올라와

홀로 길을 잃고 땅 위에 떨어진 별의

가슴에 와서 하얗게 부서진다.

만남

찻집 옆으로는 냇물이 흐르고
다이아나 여신의 흰 명주 옷자락이
검푸른 나무들 위로 지붕을 이루고 있었다.

가지 사이로 떨어지는 달빛이
그의 머리카락 위에서 금빛으로 반짝이고
먼 길을 걸어온 사람처럼
졸음을 가득 실은 초록빛 물결이
그의 눈동자 속에서 출렁거렸다.

마법에 걸린 장작불 속에서 평생을 기다려온
그들의 만남은 이렇게 왔다.

그들의 가슴 한 구석에서
살그머니 얼음 조각들이 녹아내리고
햇빛을 꿈꾸며 잠들어 있던 삶이
먼 방황에서 돌아와 다시 태어나고 있었다.

세상이 그들을 둘러싸고
알 수 없는 우주의 큰 신비 속에서
부지런히 돌고 있었다.

누군가 비밀의 샘에서 물을 길어 올리며
노래를 흥얼거리고 있었다.

우주의 일 점

지중해의 푸른 얼굴이 나무들 뒤로 차츰차츰
사라진다. 누군가 바다 위에서
아직도 춤을 추고 있다.

그의 끝없이 긴 소맷자락이 깨어나는 햇살에
반짝이며 멀어져 간다.

나는 님의 얼굴을 작별하고 떠나지만
님은 아무 영상도 그 넓은 가슴에
그린 바 없으니

나는 홀로 나타났다 사라지는 우주의 일 점
이어라. 온 영혼 위로 깃발처럼 펄럭이던
바람이 허공으로 무너져 간다.

떠나는 이

그대 발자국마다 내가 뿌리는
향기로운 꽃잎들 위로
그대의 고통마다 신이 밝히시는
찬란한 별들 너머로 친구여 떠나가시라.

그대는 두 발 심연 속에 박고
춤추는 별들을 향하여 노래하는 나무
나는 그대의 가지 위에서
브라마의 미소를 꿈꾸며 깨어나던 바람

나 그대를 위하여
온 누리로 난 모든 문을 열으리니
그대가 이르려고 노력하는 오색 별을 향하여
친구여 떠나가시라.

한 숨

말씀 한 마디 날아와 앉아도
　물결이 일고
눈빛 하나 차가워도
　아파하는 파리한 영혼

달빛 한 번 스쳐도 부서지고
바람 한 점 일어도
　꺼지는 촛불

하늘을 감탄하게 하는
황금의 웃음을 웃는 별에 이르려는
　바람 한 숨

무존재에서 존재로 향하는
모든 갈망을 지워버리는 사막의
　모래알 하나

그대 목소리의 그림자

밤을 가로질러 걸어온 메아리 같은
당신의 목소리가

오늘 아침 문밖에서
나를 부르는 소리를 들었습니다.

그러나 문을 열었을 때는
당신은 벌써 떠나고 아니 계셨어요.

당신 목소리의 그림자만이
내 꿈의 문턱에 앉아

발등 위로 떨어지는
빗방울들을 바라다보고 있었지요.

진홍빛 말씀

나는 그대를 내 별들 가운데서
이미 본 적이 있습니다.

그대는 내가 그토록 오래 찾아 헤매던
내 꿈속의 하늘에서 빛나는
별인 까닭입니다.

그대의 깊은 사랑이
내 얼었던 심장을 녹이고
그대의 상냥한 다정스러움에 가슴을 앓습니다.

여름날 진홍빛
개양귀비꽃 한 송이처럼
이 말씀을 당신께 드립니다.

이별 다섯

돌아온 고국

도시 위에서 한여름의 태양이 떨고 있었다.
눈부신 경제적인 성장과 정치의 제자리걸음은
괴물적인 사회를 만들어내고

사람들은
너나 할 것 없이 돈을 좇아 뛰고 있었다.

일류병과 허영의 물결이 잘린 좁은 반도막 땅 위에서
하루 종일 아찔아찔 붐비는
대형 승용차들의 물결만큼이나 도처에
전염병처럼 퍼져 있었다.

권력 위에 주춧돌을 세우고 국민을 착취하는
이 세상 정부가 다 그렇듯이
서로가 서로에 대항해서 전쟁을 하게 하고

모든 것이 돈으로 해결되는
부를 향한 끝없이 욕심 많은 세상을
만들어내고 있었다.

소외

고국에 돌아와 봐도
다정한 부름으로 안아주는 이 없는
그녀는 이방인이었다.

마음은 어둠에 물들어 종잇조각처럼 찢어지고
몸은 헌 신발처럼 지쳐 길가에 주저앉아 있는
이미 잊혀진 사람이었다.

한 겹, 또 한 겹, 양파 껍질처럼 벗어버리고
벌거숭이 아이가 되어 세상 앞에 서 있었다.
　　아직 태어나지 않은 것일까?
　　아니면 이미 죽은 것일까?

한울은 등받이 없는 의자에 그녀를 싣고
센 물살을 거슬러 떠갔다.
잃어버린 날개를 꿈꾸는 고집쟁이 천사처럼
그녀는 이 이상한 의자를 믿어야 했다.

이별의 길

가랑비 울음처럼 내리는 칠월의 아침
그녀는 아이를 데리고
이별의 길 위로 나선다.

검정 우산을 받쳐 들고
골목 어귀에서 아들을 기다리고 서 있는
아이 아빠의 구부정한 등이
길가의 빈약한 나무같이 슬픈 아침이다.

그녀는 아이가 침묵 속으로 떠나가는 것을
목이 메어 바라다본다.
고개 떨군 아이의 모습이 골목길을 돌아
사라진다.

비틀거리는 그림자를 거두어 가지고
그녀는 뿌리 뽑힌 나무처럼 쓰러진다.

두 개의 달

두 개의 달이 있었다.
한 달님이 눈부신 황금빛을 훔쳐가
핼쑥해진 달님이 검은 장막 뒤에서 눈물을 글썽이고 있
었다.

우는 달님을 달래어 밖으로 나오니
기다리고 있던 사람들이 와서 앉았다.
금빛 새 옷을 입고 으스대는 달님 앞엔 벌써 많은 사람들이
앉아 있었다.

파리한 달님에게 빛을 되찾아주기 위해서는
피리를 불어야 했다. 서투른 나의 피리 솜씨는 애만 쓸 뿐
달님은 점점 기운이 없어 보였고
빛을 훔쳐간 달님 앞에 앉아 있는 사람들은 놀려대며 좋아
했다.

나는 흰 도화지 한 장과 물감 통을 가지고 와

달님의 얼굴을 그려 황금색으로 칠을 했다.

그러나 종이에서 붓을 떼는 순간
물감은 거품 구름이 되어 두둥실 떠가고 말았다.
나는 계속 칠을 하고
물감은 계속 거품 구름이 되어 달아났다.

님

산과 강들을 넘어 달님처럼 제 마음을 비추시던 님이시여
저는 당신께로 갈 수가 없어
산처럼 무거운 머리를 무릎에 얹고 주저앉아 웁니다.

저는 밑 뚫린 나룻배, 안개 속을 더듬거리며
이 세상의 혼돈 속으로 빠져듭니다.

알쏭달쏭한 부조리함 속에서 늘 도망치고 있는 이 시간들이
한 바퀴 온 누리를 다 돌고 나면
당신을 그리는 제 곁으로
님이시여, 다시 오시렵니까?

그러나 당신을 기다릴 시간이 충분히 남아 있지 않습니다.
어느 가을날 아침, 남아 있는 이 숨의 가닥이 꺼지면
낙엽들이 이별의 꽃다발처럼
타고 남은 재 위로 떨어져 쌓일 것입니다.

님이 안 계신 이 빛 없는 땅 위에서
저는 님의 그림자일 뿐

어두운 허공에서 길 잃은 꿈 하나에 지나지 않습니다.

아, 님이시여 당신은 떠나가셨습니다.

이제 저는 별과 달 너머로 당신의 모습을 볼 수 없고
지나가는 바람에게서 당신의 숨결을 느낄 수 없으며
떨어지는 빗방울 속으로 다가오던
당신의 발걸음 소리를 들을 수 없습니다.

아, 님이시여, 당신은 누구셨던가요?

당신이 돌아서서 계신다 해도
저는 당신을 지키는 혼이며
길을 밝히는 등불이고 싶습니다.

어느 날엔가 당신이 돌아오시거든
파란 하늘이 펼쳐진 당신 정원의 초록빛을 바라다보세요.
저는 당신을 위하여 노래하는
흰 새 되어 있을 것입니다.

빗속으로 내리는 밤

밤이 떨어지는 빗속으로 내린다.
배를 대고 우주에 엎드려 누워
대지가 흐느껴 울고 있다.

깊은 암흑 속에 묻힌 씨앗은
하늘을 향하여 싹을 내밀 수 있는
길을 잃고

나뭇가지는 긴 겨울 동안 꿈꾸어
오던 봄으로 가는 통로를
잃어버렸다.

나는 바람이 되어 빗속을 떠돌고
벌거벗은 내 영혼은 빈 줄기 되어
빗물에 떠내려간다.

별들은 눈물에 젖어 빛바래고
창백한 달님은 불투명한 장막에

가리어 숨을 헐떡인다.

강이 하나 울며 흘러간다.

강가로 가서

비가 내 머리카락들을 실어간다.
내 얼굴을, 가슴을 실어간다.

나는 강가로 나가 눈물을 뿌린다.
강이 눈물을 싣고 바다로 가도록

바다가 해가 뜨는 땅의 끝까지 흘러가
내 어린 소년의 응어리진 영혼을 흔들어주고
그의 슬픔을 밤새 등에 업어 잠재우도록.

그러면, 개구쟁이 햇님이 다시 태어나
단풍나무 손가락으로 아이를 간지럽히고

까르륵거리는 아이의 웃음소리가
연꽃 잎새들 위로 굴러
내 가슴에 향기 되어 울리라고.

걸인

누더기를 걸친 한 남자가
거리의 그림자 진 한구석에 웅크리고 앉아
돌 속으로 꺼져 들어가고 있다.

어떻게 생겼는지, 어떻게 하고 있는지
그를 돌아다보지 않아도 된다.
그는 내가 너무도 잘 아는 사람
바로 나 자신이기 때문이다.

나는 빛바랜 구부러진 그믐달
하늘 한구석 어두움 속에 웅크리고
번들거리는 보도처럼 비에 젖어
소리 없이 울고 있다.

벼락

벼락이 내 가슴을 꿰뚫는다.
세계가 내 몸 위로 무너져 내린다.
어머니가 달려와서 죽은 나를 부둥켜 안는다.

　울지 마세요.
　삶도 죽음도 환상일 따름이니까요.
　이 세상에서 어머니와 딸로 만나
　비껴가는 두 개의 별처럼
　각자의 길목에서 울다 헤어지는군요.

　어린 마음이 얼마나 아팠었는지
　얼마나 멀리에서 그리워 울었었는지요.
　이제는 드디어 막이 내렸어요
　시간이 다 지나고 나면, 모든 것이 한낱
　희극이라는 것을 아시게 될 거에요.

　그렇게 죄의식에 휩싸일 필요도 없고
　그렇게 서러워 할 일도 아니었다는 것을

짊어지고 온 삶을 살아갈 뿐이라는 것을…

나는 죽은 몸 속에 누워 혼자 말한다.
이튿날 아침, 유령이 되어 눈을 뜬다.
나는 허공처럼 존재하고 죽은 것처럼 살아 있다.

세계가 드디어 다 벗겨내고 없는
빈 양파 위로 떠가는 구름이 된다.

속삭임

태양이 뜨고 지는 광막한 아라 너머 없음 속으로
별들이 빛나는 파아란 한울 너머 암흑 속으로
나를 물고 날아가기 위해
죽음이 나를 기다리고 있는데

걸어야 한다고
춤추는 별이 뜨는 언덕까지 가야 한다고
속삭이는 것은 대체 누구란 말입니까?

죽음과 삶이 서로 어우러지는 저 어두운 삶의 심연에
과연 무엇이 있는지 보기 위해서
끝까지 걸어가야 한다고
나의 등을 떠다미는 것은 대체 무엇이란 말입니까?

우수에 잠긴 도시

도시는 잿빛 우수에 잠겨
센느강에 그림자 드리우고 흘러간다.
갑자기 가랑비가 한여름 장마 소낙비가 된다.

흠뻑 물을 먹은 운동화 속에서 발이 질척거리고
비에 취한 청바지가 온 무게를 다하여
다리에 들러붙는다.

어둠에 물들어가는 축축한 보도 위로
발이 무거워진 다리를 끌고 간다.
비에 젖은 영혼의 무게를 짊어지고 간다.

달이 우리를 본다

지구가 이제 자러 가고 있다.
달이 우리를 날마다 바라본다.
뜨고 지는 것을.

때로는 허리가 구부러져서
때로는 함박꽃처럼 피어서

때로는 슬프게, 때로는 행복하게
때로는 창백하고
때로는 금빛으로 물들어

때로는 하늘 한구석에
때로는 한가운데
때로는 구름 뒤에 숨어서

때로는 온 우주에 빛을 떨치며
우리가 뜨고 진다.
달이 우리를 날마다 바라본다.

향로 여섯

기다림

어둠이 그물처럼 누리 위로 내리고
창문 뒤에서 별들이 차례차례로 등불을 켠다.

지나가는 바람 소리를 들으려고 열어놓은
창문으로 찬바람이 몰래 들어와
악리나무 잎새 사이에서 살랑거린다.

어느새 보도 위를 똑똑 울리던 구두 소리도
그들 뒤에서 쾅하고 닫치는 문소리도
쿵쾅거리며 층계를 오르는 발소리도
더 이상 들리지 않는다.

창문 뒤에서 이웃 나라들이 차례차례로
사라진다. 내 불빛만 남아 너를 기다린다.

해변

회색으로 그려놓은 한 폭의 가을날 아침
야생의 백마들처럼 대서양 위에서
파도가 달린다.

천 갈래 만 갈래의 흰 빛으로 흩어지다가
색동 거품이 된다. 무수한 물방울들 속에서
수없이 많은 영상들이 나를 바라보다가
와그르르 웃음을 터트린다.

피곤한 세상의 영혼 위로 불어가는
비길 데 없이 상큼한 공기들이
빈 해변에 누워 있는 내 안으로 가득 차온다.

내 몸이 땅과 섞이어 한 알의 모래가 된다.
햇빛에 반사하며 놀던 물결이 모래 속으로 흘러들어와
파도가 물러가면서 남긴 작은 웅덩이가 된다.

물방울들은 실줄기 따라 새어나가 막막한 바다가 된다.
아라 위에서 비상(飛上) 연습을 하는 갈매기가 된다.
내 몸은 차가운 하늘의 푸른빛으로 흩어진다.

가랑비 내리는 길

가랑비 내리는 길로 우산 없이 나선다.
만물의 주위를 싸고 가늘게 흩날리는 투명한
축복의 베일 아래로 걸어간다.

인류의 가난한 자아가 살고 있는 금 간 콘크리트
벽들을 따라 살금살금 기어오르는 담쟁이덩굴 위에서
동물의 솜털같이 윤이 나는 주홍색으로
가을이 물을 들이고 있다.

오래 녹슬었던 도르래는 내 고향의 심연에서
노래를 길어 비에 젖은 신화(神話)의 거리에
피아니시모로 쏟아 붓는다.

불투명한 장막 뒤에 숨어 있던 대지(大地)가
가만가만 무너지는 세계의 담 너머로
살그머니 얼굴을 내밀고 소박한 미소를 짓는다.

삶 어느 곳엔가 이렇듯 감추어진 보물이 있어
우리는 차가운 벽에 기대어 단절의 문을 열어놓고서
기다리는 것이리라.

당신의 소망

그대는 쉴 사이 없이 사방으로 달립니다.
정신적인 것이 물질적인 것보다 앞서는
사회를 건설하기 위해서

인간적이고 논리적인 것이 비인간적이고
비논리적인 것에 우선권을 갖는 사회를 위해서
전쟁이 없는 세계를 위해서

당신은 계란을 들고
바위를 깨트리기 위해서 뛰어다닙니다.
바위가 수천의 오색 나비가 되어 날아가기를 빌면서.

조약돌

우리는 바다의 선물을 기다리며
모랫벌에 무수히 널려 있는
조약돌 중의 하나…

바다가 조약돌에 대하여 갖는 의지는
조약돌이 아라를 향하여 소망하는
의지보다 강하다.

그러나 생명의 시작에서부터
각기 다른 신화를 지고 살아온
조약돌들은 놀라웁도록 서로 다르고,

한 조약돌의 숭고한 또는 악마적인
소망은 바다를 그를 향해 끌어당길
수도 있는 것이다.

왜냐하면, 각각의 조약돌은
아라를 움직이게 하는 달을
가슴에 품은 우주이기 때문이다.

시간

시간은 바다처럼, 파도처럼
밀려오고 또 밀려가며
날마다 새로움을 실어다 준다.

바위 가슴에도 철렁이며
바다 밑도 훑으며
달을 따라 흘러간다.

물결의 검에 오랫동안 뚫린 조약돌처럼
빈 동공에 한울의 아름다움을 담는 향로가 되라고

밀려오고 또 밀려가며
우리의 몸과 마음을 다듬어 나간다.

하루하루 물결에 밀리고 씻기어
바위는 날마다 조금씩 부서지며
모래알이 되는 것을 배운다.

날마다 조금씩 바다의 미소를 배운다.

매달리며 애태우는 대신

흘러가는 것을 배운다.

우주가 그에게로 와서 그가 우주가 된다.

가슴에 품는 달

우주 비행사들이 울퉁불퉁하고 구멍 뚫린
달의 사막 같은 땅을 밟기 전에는
흰 토끼 한 마리와 큰 계수나무 한 그루가
노오란 달 위에 살고 있었다.

그리고 그 시절엔 아이들이 망태를 들고
달을 따러 마을의 제일 높은 언덕 위로
올라가곤 했었다.

때로, 아주 드문 일이기는 했지만
어른도 가끔은 끼어 있었다.
물론 아무도 이 이야기를 믿지 않았다.

어른들뿐만 아니라, 영특한 아이들까지도
달을 따라가는 순진하고 어리석은
사람들의 꿈을 놀려댔다.

그러나 아주 비밀스럽게 이 꿈이 가끔씩은

이루어진다는 것을 달을 딴 사람 외에는
아무도 모르고 있었다.

어떻게 그 큰 달을 따서 작은 가슴속에
품고 다닐 수 있었는지는 더더구나
알 수 없는 일이었다.

젊은 조각가

동쪽 하늘 바다를 건너
배낭을 짊어진 소년 천사가 내게로 날아 왔다.
파리의 지붕 위에서 발돋움하고 기다리고있던
내게로 별똥별처럼 떨어져 내려왔다.

진흙 속에서 길을 잃은
달팽이 같은 어린 시절의 방황에서 돌아와
소년은 구멍 뚫린 사랑으로 자신의 집을 짓고
외로운 마음속에서 불타오르고 있던 꿈에다
날개를 주었다.

쇠붙이와 산소를 가지고
상처 입은 영혼 깊이 박힌 지나간 날들의 동요를
녹여내어, 추억의 섬에서 건너온 어둠의
해골들을 금빛 태양 아래서 춤추게 한다.
아무도 생각지 못했던 것들을 이루어낸다.

산마을 일곱

세상 끝 마을

세상 끝 마을은 짙은 어둠에 잠긴 채
북풍이 몰고 내려왔는지 별 서너 개
드문드문 떨고 있었다.

마을 사람들이 성탄 전야에 창가에
밝혀두는 촛불이었다. 그 빛이
창에서 창으로 이어 나가 다른 세계의
끝까지 이르기를 비는 마음에서

자신과 자신 그리고
이웃과 세계와의
다정한 유대를 위해서
누리 한 구석에서 피우는 불꽃이었다.

바람은 자지 않고 산 마을을 감싸고 불었다.
비가 속살거리며 밤새 바람 속을
떠돌아 다녔다.

밤비가 들려준 세상 이야기

옛날, 아주 먼 옛날에, 큰, 산만큼 큰, 흰 코뿔소가 있었다.
빨강, 노랑, 파랑, 초록, 연두, 분홍, 주황, 유백색, 살색,
남색, 회색, 보라, 연보라, 검정… 가지가지 색깔의 사람들이

눈 주위에, 귓바퀴 안에, 등 위에, 꼬리 위에, 옆구리에,
팔꿈치의 주름살 속에, 긴 뿔 위에,사방에, 고물고물
요정들처럼 코뿔소의 상앗빛 몸 위에서 살고 있었다.

양파 결처럼 잘 정돈되어 한가로이 햇빛을 쐬며,
세상을 주시하면서 공연히 소란을 피우며,
깔깔, 껄껄거리고 웃으며, 찬탄의 함성을 지르며,
끝없이 길고 지루하게 세상사를 논하면서 살고 있었다.

거대하고 온순한 이 동물의 왕자는
평화롭게 들판을 거닐면서 뾰족하고 가느다란 입으로
무성한 풀들을 뒤져서 그의 입맛에 꼭 맞는 맛있는
어린 순들을 찾아내곤 했다.

어느 서늘한 아침, 여느 때처럼 초원을 어슬렁거릴 제
한 젊은 음악가가 땅에서 솟은 듯이 불쑥 나타나서
가방에서 색소폰을 꺼내들었다.

겁 많고 근시안인 코뿔소는 무기로 착각하고서
맑은 소프라노 목소리로 살그머니 중얼거렸다.
　　　큰일 났다, 총이다!

그리고는 느닷없이 달리기 시작했다.
한 번도 뛰어본 적이라고는 없는 그가 온 힘을 다 짜내며
뛰고 있었다.

그러자, 난리가 났다.
오래전부터 그의 몸 위에서 조용히 살고 있던 사람들은
아직도 아침 이슬에 젖어 햇빛에 반짝이는 초원의 풀 위로
다발씩 떨어져 내렸다.

어떤 이들은 떨어지는 바람에 잠에서 깨어나 미지의 숲

한가운데 있는 자신을 발견하고는 어안이 벙벙했고
어떤 이들은 걸음아 날 살려라 하고 달아나고 있는 그들의
거대한 옛 마차 뒤를 쫓아 뛰면서 성이 나서 욕을 외쳐댔다.

결국 밤이 왔다. 무성한 풀들로 덮인 초원 위에는
아직도 따뜻한 체온이 식지 않은
큰, 산만큼 큰 새하얀 바위가 있었다.

한 무리의 사람들이 그 위에 웅크리고 앉아
인류의 조상들이 이 전설의 동물 위에서 살던
옛 시절을 이야기하고 있었다.

  "그것은 한 마리의 흰 코뿔소였지요."
  "아니에요. 두 마리나 있었대요."
  "뭐라고요? 그것은 검정 코끼리였어요."

  "당신네들 제대로 된 책을 읽지 않았군그래!

그것은 중국 바다와 같은 청록색 사자였어요."

"아니지요, 인도의 장미꽃 같은 색깔 용이었어요."

"다 객설이에요. 녹색 빛을 띤 동물 신(神)이었어요."

"사람 살려! 모두 색맹들이군 그래! 그 수증기를 뿜는 말의
진짜 색깔은 빨강이었단 말이오."

"별 소리를 다 듣겠군 그래!
프로펠러를 단 하마는 아니었나요?"

"냄새를 풍기지 않는 그 신의 색깔은 노랑이었어요."

"천만에! 주황색이었어요."

"유백색!"

"보라색!"

이 말 많은 인류의 끝이 없는 입씨름은 아직도 계속되고
있다고, 빗방울들이 밤새 덧문 위에서 똑딱 소리를 내며
시간을 재고 있었다.

숲

구불구불 틀어진 나무, 곧게 뻗은 나무
아름다운 가지를 둥근 반달로 뻗은 나무

가지들이 밑으로 축 쳐진 풀이 죽은 나무
자라다 말고 죽은 어린 나무

벼락을 맞고 부서진 나무,
벌레 먹어 썩은 나무, 버석 마른 나무
늘 우는 듯 젖어 있는 나무

송학 덩굴로 몸을 감고 있는 나무
이끼로 덮인 나무, 보라색 나무, 검정 나무
은빛 나무, 늘 푸른 나무, 빈 가지 나무……

마치 온 누리 사람들이 숲에 다 모여 있는 것 같다.
나무 껍질 위에 씌여진 그들의 운명이
발밑에 부서지는 낙엽 되어 다 가고 나면

그 영혼들 하늘에 머리 기대이고
수많은 별들 사이에서 가지마다
불을 밝히리라.

산길

나무들 사이로 바람처럼
산길을 일렁이고 다닌다.

살아온 아픔과 기쁨
세계의 어두움과 땅 위에 켜지는 불빛들
만남과 이별을 감돌아 돌며
시냇물처럼 숲길을 헤매어 간다.

그리운 사람들과 만나기 위해
버리고 온 삶들과 만나기 위해
현재의 의미를 찾기 위해
미래와 만나기 위해

그리고 그 미래와 맞닿아 있을
먼 과거를 기억해내기 위해
엉겅퀴 사이로 길을 트며 간다.

여우

멧돼지 발자국을 따라 들어선 숲 사잇길에
새끼 여우 한 마리가 재빠르게 길을 건너가다
우리를 발견하고는 허겁지겁 숨는다.

가시나무 뒤에 뾰족한 두 귀를 드러내고 숨었다.
잠시를 못 참고는 살짝 고개를 내밀었다가
아직도 두 인간이 자기를 바라다보고 있는 것을 알자
질겁을 하고 다시 숨는다.

이번엔 두 귀까지 감쪽같이 잘 숨겼다.
우리가 웃음을 터트리자
연달아 산봉우리들도 즐거운 함성을 터트린다.

땅속 나라

아찔한 어지러움이 올라오는 절벽 중간에 금색 문 하나.
아마 꼬마 악마들이 모여 모든 세상사를
비트는 일들을 그 속에서 모의하고 있는지도 모른다.

눈 하나씩 감은 사람들이 녹음 우거진 정원에 둘러 앉아
서로가 옳다고 싸우고 있는지도 모른다.

오른쪽 눈이 감겨 있는 사람들은 세상에 등을 돌리고
꿈만 꾼다. 왼쪽 눈이 감겨 있는 사람들은 세상사에
밝은 체하며 꿈꾸는 사람들을 비웃는다.

하나뿐인 눈에도 불구하고 그들은
참지식과 혜안(慧眼)을 얻기 위해서 눈 하나를 잃었던
오딘을 닮지는 않았다.

단지 한쪽 눈의 공간 속에 박혀서 자기와 다른 사람들을
참아내지 못해 미워하며, 두 눈을 다 뜨고 있다고

믿고 있을 뿐이다.

무엇이 그들을 해 뜨는 쪽을 향하여
가만히 걸어가게 할 수 있을까? 장님이 된 오리온이
눈을 뜨고 별이 되어 날아간 동쪽의 끝으로…

나무의 꿈

나무는 하얀 새가 되어 높이 날아 올라가 별이 되었다.
별은 뭉게구름이 흰 눈과 섞이어 장난하는 산꼭대기에
내려와 앉자 산이 되었다.

산은 깊은 계곡 사이로 흐르는 물줄기를 굽이쳐 따라가
바다가 되었다.
바다는 용왕의 딸들이 춤을 추는 달 밝은 밤에,
달이 되어 하늘로 날아갔다.
달빛은 어느 소년의 집 창가에 앉아 먼 숲을 꿈꾸다가
소년이 되었다.

나무가 긴 세월을 이고 눈을 뜬다.

몇 번이나 나고 죽으며, 몇 번이나 오랜 꿈을 꾸었던가?
내 껍질을 깨고, 새의 날개에 매달리거나,
꿀벌의 모피 옷 위에 걸터앉아 날아오르는 줄 알았던
순간마다

어느새 내 뿌리는 다시 땅속을 찾아 깊이 내리고
사계절의 순환 속에 갇히어서 힘겨웠던 고뇌들…

어느 공간에서건, 어느 여행에서건, 내 가지에 받아 쥔
나의 시간을 다 메우지 않고서는 마음대로 떠나버릴
수도 없었던 아픔들…

나무는 입을 다문다. 그는 별이 있어 시가 되고
별은 나무가 있어 노래가 되었다.

산마을의 아이들

산봉우리 위로 찬란한 금빛을 떨치며 보름달이 떠 있었다.
나무는 오늘 밤따라 환한 화관을 쓰고 있는 듯 했다.

그것을 알아보자 아이들의 심장은 북처럼 뛰기 시작하고
그들의 발은 사납게 땅을 박차며 꼭대기를 향해
뛰어오르기 시작했다.

나무에 꽃이 피어 있었다. 늘 빈 가지 겨울나무로
사계절을 꿈꾸는 듯 서 있기만 하던 그가
추운 북새바람 속에서 한아름 전설의 꽃을 피우고 있었다.

달빛이 눈부신 날개로 나무를 스치우자, 두 마리 금빛 새가
꽃 속에서 날아올라 천공에 반짝이는 초롱불이 되었다.

아이들은 해바라기처럼 창공을 향하여 머리를 젖히고
나무의 그림자들이 되어 넋을 잃은 듯 그 빛을 바라보았다.

별의 노래는 아이들의 가슴속에 천사의 기억을 되살아나게

해주었다. 꼬마 악마도 꼬마 천사가 되고, 깡통 긁는 소리를
내던 바이올린도 가랑비의 속삭임같이 활 끝에서 떨렸다.

야누스 신이 주머니에서
커다란 열쇠를 꺼내어 빗장을 벗기고
미래로 난 우주의 대문을 활짝 열고 있었다.

믿음의 길

나무 십자가 하나 덜렁 가슴에 달고 빈 벽들을 지키고 있는
산마을의 초라한 예수의 집은 아무에게도
그들의 종교가 무엇인지
국적이 무엇인지, 피가 무엇인지 묻는 법이 없었다.

하물며 그들이 가톨릭인지, 그리스 정교도인지,
유태교인지, 기독교인지, 그중 무슨 파에 속하는지는
더더욱 물을 필요도 없는 것이었다.

그분은 인류에게 한없는 사랑의 빛과 가난함의 진리를
깨우쳐주고 간 둘도 없이 좋은 친구였기에,
사람들은 이곳에 와서 외적 요구를 내적 존재로 순화시키는
명상을 통해 어두움 속에서 빛을 길러내곤 했다.

오만한 자신의 그림자를 벗어버리고, 그 자신 안에서,
만나는 사람들 안에서, 삼라만상 속에서 그분을 만났다.

온 누리의 사람들이 소리를 내어 기도를 하지는 않으며

기도를 하는 사람들도
같은 음악 소리에 기도를 하지 않는다.

교회도 사원도 새들의 둥지만큼이나 많고,
그 이름도 모양도 색깔도 풍습따라 가지가지이다.
믿음의 길을 걷는 사람들은 이 모든 다양함을 존중할 줄
알아야 하리라.

전설의 나무

비로드 털로 덮인 거대한 동물의 누런 등 같은
산등성이 위에 나무 한 그루 바람 속에 서 있다.
아니 자세히 보면, 갈라진 두 개의 줄기가 한 뿌리에서
솟아난 듯 몸을 꼭 붙였다.

나무는 무성한 빈 가지들을 반타원형으로 뻗고서
휑한 봉우리에 일렁이는 세찬 바람의 물결에도
아랑곳하지 않고 묵묵히 눈을 내리깔았다.
그가 뿌리박고 있는 등성이처럼 셀 수 없을 만큼 먼
시간 속에 멈추어 나무도 잠이 들어 있는 듯하다.

어느 영혼이 몇백 년, 몇천 년, 혹은 몇억 년 지고 온
자신의 무게를 모두 바람 요정의 날개로 만들었을 때,
이 나무에 일곱 색깔의 꽃이 핀다는
전설이 전해 내려오고 있었다.

때로 어떤 이는 나무가
소녀와 소년의 목소리로 노래하는 것을 들었다고 했고,

또 어떤 이는 별들이
가지 위에 내려와 춤추는 것을 보았다고도 했다.

핏빛으로 하늘을 불태우며
건너편 산봉우리 뒤로 해가 진다.
붉은빛은 분홍으로, 분홍은 연보라로, 연보라는 군데군데
흩어진 잿빛과 흰빛과 어우러져서 가없이 번져 나간다.

겹겹의 봉우리들이 점점 검은색으로 윤곽을 드러낸다.
어둠이 다 깔리기 전에 보금자리로 돌아가려는 동물들처럼
산들이 길을 간다.

누렁 언덕 넘어, 초록 산 넘어, 먼 파랑 산 넘어,
큰 회색 산 넘어, 웅장한 하얀 산을 앞세우고,
굽이굽이 강물처럼 길을 간다.

햇님이 산봉우리 뒤에서 달이 되어 떠오른다.
반달 뿔을 가진 쇠똥 위에 자라나는 프실로시빈 버섯들도

풀섶 속에서 금빛 달들이 된다.
꿈을 꾸게 만드는 달들이 된다.

아래로 내려다보이는 마을 위로 은빛 구름 강 하나가
산봉우리를 둘러싸고 흘러가고, 한 해의 마지막을 알리는
종소리가 바람에 묻히어 벙어리가 된다.

깊이 모를 시간의 심연으로부터 불어와 끝없는 길을 가는
바람이 우리를 싣고 간다. 전설의 나무에 뺨을 대고
그의 긴 속삭임을 듣는다.

푸르름 여덟

우주

달님은 흰 서리 되어 땅 위에 눕고
분홍 구름 몇 조각
아침의 서시로 떠간다.

햇살이 산등성이 사이로 미끄러지며
하늘에 장작불을 태운다.

산자락에서 나풀거리던 바다가
은빛으로 떠올라와 서서히 끝없는
에메랄드 옷깃을 펼친다.

한없이 조그만 내 영혼이
창조주가 사색하는 한없이 큰 우주에
닿아 날개가 된다.

나그네

하늘과 땅 사이
어느 절벽 위에 앉아 명상하던 노승이
길을 잃고 헤매던 나그네를 맞아주었다.

그는 노승 곁에서 절하는 것을 배웠다.
자기 안에 있는 빛나는 큰 자아 앞에
겸손히 꿇어 엎드리는 것을 배웠다.

그는 골짜기 사이를 달리고
폭포 속에 굴러 떨어지는 물방울이었고

잎새들 사이에서 숨쉬고
늙은 나무 둥지를 맴돌며 춤추는 바람이었고

끝없는 길을 가는 달이었고
우물에 비친 영상이었다.
그는 이 우주였으며, 허공이었다.

우물

내 영혼 외딴 곳에
우물 하나.

그 위로 몸 구부리고
하늘 속으로 떠가는
그림자를 들여다본다

구름 한 조각 없는
푸름 한 조각 떠올리니

내 얼굴이 산산히 흩어진다
세상도 사방으로 부서진다

이름 모를 꽃

하얀 햇빛 가리개를
펴든 한국의 여인처럼

꽃잎 한 장 꽃술을 가리우고
다소곳이 피어 있다.

그대 어느 곳에서 떠나와
이 땅에 어여쁘게 홀로 피었는가?

꽃양산 하늘로 제끼우고
감추었던 얼굴 드러내며

흐드러진 미소로 답을 한다.

밤바다

검푸른 자락 바다에 내리고
누군가 장막을 쳤다.

너무나 두꺼워
장막을 둘둘 말아 올릴 수도
있을 것 같다.

그러면 그 뒤에는 무엇이
있는 걸까 ?

하얀 8분음표 하나
끝없이 펼쳐진 어두움을 가르며
외로이 흘러간다.

이상한 섬마을

배가 한 작은 섬에 사람들을 쏟아놓고 간다.
멀리서 보면 정말 조그만 섬이다.
언젠가 파도에 깎이어 사라질지도 모를 만큼 작다.

그 섬에 많은 사람들이 살고 있다.
조금 더 부자이고, 조금 더 가난하고
조금 더 배가 나오고, 조금 더 마르고
조금 더 주인이고, 조금 더 하인이고…

그러나 누구나 다 자기 수레를 조용히 끌고 다닌다.
각자 이름과 주소가 써 있는 수레에 짐을 싣고
개미들처럼 골목마다 분주히 다닌다.

골목길을 걷다보면 좀 전에 지나쳤던 사람을 또 만난다.
금지되어 있는 롤러스케이트를 타고 골목길을
달리는 아이들 감시하는 할머니를 또 만난다.

조개껍질처럼 서로 붙어 있는 집들을 벗어나
등대 쪽으로 가면, 내 푸른 치마를 닮은

한적한 바다가 있다.

이 빈 공간에는 여행객들을 실어오는 배들도 없고
아이들도 없고, 아이들 감시하는 할머니도 없고
수레를 끌고 다니는 주민들도 없다.

크고 작은 바윗돌 위에서 홀로 뛰어노는 따가운 햇살과
노래하는 물줄기 속에 발을 담그고
진주 같은 갯벌에서 벌레를 찾는 황새들이 있을 뿐…

다시 롤러스케이트 타는 아이들과 감시하는 할머니와
수레를 끌고 다니는 주민들을 지나 배로 돌아가는 길에
누군가 우리 이름을 잡으려는 듯 외쳐 부른다.
이렇게 멀고 이상한 곳에서!

낡은 배 하나 집 삼아 이 섬에서 살고 있다는 옛 친구…
그을린 어부의 얼굴이 잔잔한 물결같이 웃는다.
문득 이 작은 섬이 환상에서 깨어나
파도길을 따라온다.

푸르름

절벽 끝에 앉아
우주를 본다.

바다는 하늘로 올라가다
다시 비단결 물결 되어
하르르 떨어져 내린다.

어디가 아라이고
어디가 하늘일까?

바다는 끝도 없는 우주가 되었다.
티 없는 새벽의 푸르름이 되었다.

바다 빛에 물들어
나도 푸르름이 된다.

갈매기와 나

버려진 해변에 갈매기 한 마리
나와 같이 바다를 보고 서 있다.

파도가 물러가면, 몇 발자국 나가고
파도가 밀려오면, 뒷걸음질하면서…

내가 조약돌 주우려고 손을 담그면
갈매기도 물거품 속에 부리를 담근다.

그러다 푸르름에 시선을 박고
침묵 속에서 명상을 한다.

바위 위에서 하염없이 바다를 보고 있는
열한 마리의 가마우지와
열한 마리의 갈매기들처럼

우리도 하염없이 모래 위에 서서
아라를 바라본다.

반딧불 아홉

밤

한밤중 어여쁜 조각 달님이
내 창가에 별과 함께
떠오른다.

어둠 속에서 뒤척이던 밤이
하얗게 빛나는 대지에 누워

달빛을 석류알처럼 품고
비로소 잠이 든다.

달님은 초롱불 켜들고
밤새 머리맡에서 그를 지키다가

티티새 노랫소리에
잠이 깬 밤을 가슴에 안고서
서쪽 산을 넘어간다.

오두막

마루에 앉아
물결 같은 곡선으로
흘러가는 산들과

황금 잎새 높은 가지 끝에서
파르르 떠는 깨질듯 눈부시게
새파란 천공을 바라보노라면
부족한 것이 없다.

현란한 이 세상사 멋대로
돌아가게 두고
아무도 없는 텅 빈 밤하늘에
유유히 떠가는 초승달처럼
부족한 것이 없다.

바람은 나무 사잇길을 거닐며
사그락거리고
풀섶에서 가만가만 풀벌레

노래하는 산골의 고요함은

한여름날의 수박보다
더 달콤하다.

반딧불

회오리 바람 일고
비 내리는
칠흙같이 어두운 밤

풀섶에 반딧불 하나
별처럼 반짝거리더니

하늘이 개어
무수한 금강석들이
떠들썩 반짝인다.

하나의 꽃이 피면
수천의 꽃들이 핀다 하니

마음 하나가 청정하면
세상이 청정해진다 하니

별 아래 앉아 나를 씻는다.

별빛이 내 안으로 흘러들어

맑은 물방울 되어
세상으로 내리라고

풀섶에서 반짝이는
반딧불 되라고…

새벽

물결치는 풀밭 속에 발을 담그고
가만가만 어두움을 쓸어내고 있는
새벽의 수런거림이
그녀를 흔들어 깨운다.

밤새 먼 곳을 헤매던 그녀는
거울의 건너편에서 다시 돌아와
열린 하늘을 향하여 편히 누워 있는
마른 잎새들 위에 날개를 접는다.

은빛 여명에 물든 안개 가람이
구비구비 골짜기 사이에서 피어올라
작은 섬들을 맴돌며 흘러가고 있다.

달빛 아래서 명상하다 잠이 들었던
소들은 벌써 일어났는지
앞산 초원에서 달그랑거리는 소리
풍경처럼 새벽의 공기를 흔든다.

산의 얼굴

제일 높은 산봉우리가 사람의 얼굴을 닮았다.
때로는 회색빛 우울 속으로 사라지기도 하고
때로는 눈부신 흰 눈 위에 누워
일주문 열어놓고 하늘을 본다.

가을 매 한두 마리 얼굴 위에서 원을 그리며 날 제면
산은 날개 위에 올라 앉아 여행을 떠난다.
아홉 산 여덟 아라를 건너, 먼 시간, 낯선 거리들을
동쪽으로 서쪽으로 그리움처럼 헤매다가

자작나무 사이로 지나가는 바람을 따라
깊은 밤의 고요함 속으로 돌아온다.

수많은 별들 벚꽃처럼 얼굴 위로 환히 밝히고
다시 천공을 향해 소리 없이 누워 있는
드높은 산이 된 꿈을 꾼다.

마지막 겨울

뒷문을 여니 은빛으로 조용히 빛나는 눈 덮인
겨울 풍경이 넓은 뜰 가득 펼쳐졌다.

키 큰 나무들이 양옆으로 열 지어 서서
무덤 하나를 가운데 두고 지켜보고 있었다.

어느 노인의 죽음이 이렇게 다가왔다.
굳게 잠긴 대문 앞에서 문득 마지막 겨울이
그를 기다리고 있었다.

들고 온 양 손의 무거운 짐들이 땅에 떨어져
흩어지고, 그는 닫힌 문을 가로질러
끝없이 난 길을 터벅터벅 걸어갔다.

언젠가 지리산 기슭에서
적의 총탄에 맞아 죽어가던 그를 살려준
어느 절을 향하여 목이 타서 가고 있었다.

먼 곳에서 끊임없이 들려오는 기도 소리가

배고픔과 목마름에 지친 그를 위로하고
평온함을 실어다 주었다.

길이 끝나는 곳에 어렴풋한 빛 속에 둘러싸인
집의 형상이 하나 나타나고, 그 한가운데서
빛나는 존재가 그를 기다리고 있었다.

빛이 네 안으로 스며들도록 해라
하고 존재가 말씀하시자, 그의 몸으로부터
수억의 입자들이 무한한 공간을 향해
춤을 추며 날아갔다.

그가 태어나고 사는 것을 지켜보았던
무수한 별들이 그의 주변을 흘러 다녔다.

별에서 별로 남색의 새벽을 타고 미끄러지며
우주의 사그락거리는 빛 속으로
그는 가벼운 달님처럼 떠나갔다.

어머니

꿈속에서 당신을 안습니다.
그 고웁던 몸매 어쩌다 등이 굽고
내 짧은 팔이 당신을 휘휘 감고도 남습니다.

고독과 서러움이 앙상한 뼈 마디마디에 맺혀
부스러지는 아픔을 견디며
삶의 언덕을 내려가시는 당신

그 언덕 아래 출렁거리는
서산의 맑은 바다를 향해 가시는지요?
그리운 부모님, 헤어진 형제들을 찾아
뒷동산에 올라가시는지요?

나귀 타고 당신을 데리러 왔던
늠름한 왕자님을 만나러
논둑길을 걸어가시는지요?

어머니

오늘 밤도 남쪽 하늘 나뭇가지에 걸린
노오란 달을 봅니다.

날마다 저 달을 보며 당신을 그리워하던
옛 시절이 저를 따라 나와
소매를 잡습니다.

고향 마을

그녀는 마을이었다.
서산 위에서는 남청색 하늘과 선명한 대조를
이루는 태양같이 붉은 단풍잎 화관을 두른
아름다운 가을이 달리고

앞 절벽 위에서 흰 포플러 나무들이 바람에
춤을 출 때면, 태양은 은빛 가지에 매어달려
수천의 노란 불꽃들을 피웠다.

그녀의 몸 안으로는 맑은 여울이 흘렀다.
빨강, 파랑, 무지갯빛 투명한 잠자리 날개 위로
기쁘고 서러운 끝없는 이야기들을 싣고서
골짜기를 굴러 막막한 바다를 향해 갔다.

돌풍이 지나갈 제면, 황금 꽃같이 단단히 여문
벼알들이 끝없는 물결이 되고

허수아비 주변을 맴돌던 참새떼들이 놀라서

날아올라, 논두렁의 긴 가장자리를
장식하고 있는 수많은 코스모스
발 아래 내려앉았다.

꿀 같은 노오란 호박들이
초가지붕 위에서 둥글게 익어가고
주렁주렁 감들이 매달린 가지들이 담벽 위로
휘어지면

어린 동생들은 나무 위에 걸터앉아
주황색으로 볼이 터지도록 과일을 넣고서
흘러가는 구름을 바라보며 꿈을 꾸었다.

그리고 달이 키 큰 은행나무 위로 떠올랐다.
잎새 위에 조각으로 흩어져 내린 달빛이
나무에서 떨어져 바람을 타고 돌아
땅 위에 살포시 내려앉으면

그녀는 천사의 날개들을 주어 가을 하늘로
다시 날려보냈다. 그러자 은하수가 흐르는
그녀의 이마 위로 바람 한숨이 날아와
별들 사이를 스치며 불었다.

날아가는 세월

차창 밖 풍경들이 지나가 버리듯이
사람도 풍경처럼 지나가 버리고
세월은 어제에서 내일로 큰 날갯짓을 하며 날아간다.

비바람 몰아치는 인생의 길에서
우리들의 꿈은 날개를 잃고
우리들의 말은 공책 속에 갇히어 잠이 들었다고
두 무릎 끌어안고 운다.

그러나 긴 순례의 길이 어느 곳엔가 다다르지
못한다 해도 두려워해서는 안 된다.
모든 것들을 실어가는 바람이 우리의 인생도
실어갈 것이라

우리가 지낸 날이 먼지에 지나지 않을지라도
우리가 남기는 씨앗이 눈에 보이지 않을지라도
비가 씻어주고 햇빛이 비추어주리라.
우리의 말들이 살아서 밭을 일구리라.

변신

이상한 절벽은 조금씩 무너져 내려
수많은 얼굴 조각들이 되었다.

한 조약돌이 밀려가는 물거품을 따라가
대서양의 아른거리는 비단결
너울이 되었다.

물결은 배가 되어
흰 돛을 올리고 떠가다가
벼랑 끝에 날아가 앉았다.

새는 바다를 바라보다가 잠이 들었다.
큰 파도가 포효하며 달려와
그를 하늘로 날려 보냈다.

우주로 날아간 그는 하늘의 반짝임 속에서
새로이 떠오르는 항성이 되었다.
깊고 그윽한 에테르 속에서
그의 몸이 불타듯이 빛을 뿜고 있었다.

하늘과 땅의 교차적 상상

丘 仁 煥

(서울대 명예교수 · 소설가 · 문학과문학교육연구소 소장)

　세상을 살기가 쉽지 않다. 복잡하고 험한 세상을 살아가기가 그 어느 때보다 쉽지 않으니 나날을 살아가는 것이 얼음판을 건너는 것과 같다. 공중에서 줄타기하는 곡예사가 되어야 하는 판이다. 무얼 그렇게 어렵게 살아갈 것이 아니라, 그저 되는 대로 살아가면 되는 것인데 왜 그 틀을 벗어나지 못하는지 답답할 노릇이다. 그 답답한 사이에도 우리는 행복하게 살기를 원한다. 행복은 먼 데 있고 큰 것으로 오는 것이 아니요, 가까이 있고 아주 작은 것으로 다가온다고 하지만, 그게 귀에 들어오지 않는다. 또한 행복은 주어지는 것이 아니라 찾아 안아야 한다는 말도 그럴 듯하지만 실

제로 행동으로 옮기기는 쉽지 않다. 한 번 왔다가 가는 세상인데 좌고우면(左顧右眄)하여 방황하면서 허둥지둥할 필요가 어디 있느냐고 할지 모르지만 사람이 완벽하지 못하게 태어났으니 흘러가는 세월 따라 살아 갈 수밖에 없는지도 모른다. 그래서 할 수 있는 일을 하고 그 일에서 보람을 느끼며 나날을 살아가는 것이 현명한 일이 될 것이다. 그 일은 천차만별이어서 어느 길을 택하여 가느냐가 문제가 된다. 부자가 되는 길을 갈 수 있고 부자나 귀공자가 되는 길을 택할 수도 있고 꿈이 될 수도 있다.

　세상은 쉬지 않고 흘러간다. 그 사이에 살아가는 사람들은 내일을 꿈꾸며 오늘을 살아간다. 지나온 과거나 다가오는 미래는 오늘의 양날개로, 오늘의 순간을 활력으로 띄우게 한다. 오늘! 오늘은 우리가 살아가는 현실이요, 내일로 치달아 가는 출발점이다. 우리는 가끔 어제를 돌아보면서 내일의 꿈을 오늘에서 가꾸어 간다. 그러면서 영원 속에 들고 싶어 한다. 문학으로 음악으로 미술로 형상화하여 오늘을 영원히 살게 한다. 우리는 그 영원을 다시 수용하여 그 속에서 새로운 내일을 창조한다. 오늘의 순간이 중요하면서 내일의 꿈을 꾸는 것은 바로 이 영원성을 획득하기 위해서다.

이 시집도 그 영원성을 얻기 위한 디딤돌이다.

장선 시집『별을 스치는 이 바람 소리』의 출간을 축하하며, 이 시집의 문향(文香)이 읽는 독자들에게 오늘의 꿈을 내일의 영원성으로 펼쳐 새로운 삶의 반려가 되기를 기대한다.

이 시집은 하늘과 땅의 삼라만상의 소재를 교차적 상상으로 율격화(律格化)하여 독자에게 다가간다.

　　이제는 모두 다 사라지고 없는
　　빈 뜰을 다시 가꾸기 위해서

　　씨앗을 깨워 별을 향해 피어날
　　꿈을 꾸게 하기 위하여
　　이 시들을 씁니다.

　　태고로부터 우주의 끝까지
　　날아가는 영혼의 속삭임을

　　고뇌의 심연에서 솟아올라
　　하얀 웃음을 터트리며 골짜기를
　　굴러 흐르는 맑은 물살을

젖을 줄 아는 마음을 가진 친구여
어느 쓸쓸한 저녁 먼 곳에서 와
문득 문 두드리는 다정한 벗이여

별을 스치는 이 바람 소리를
당신께 드립니다.

—「서시」 전문

「서시」에서 우리는 장시인의 시심을 읽을 수 있다. 산과 들, 별과 하늘과 땅의 교차적 상상을 시화로 그려내고 있다. 이 시집에서 하늘과 땅의 실상이 아홉 장으로 나누어 펼쳐져 있다. 「앞집 작은 왕자」에서 시작하여 「변신」에 이르기까지 전편에 스며들어 자연과 세사(世事)의 관조와 심서(心緒)가 직관적으로 표출되어 있다.

하나씩 무너져 가버린 환상으로
폐허가 되어버린 왕국에는
살아갈수록 어리석어지는 내가 살고 있습니다.

세월이 흐를수록 낯설어지는 이 세상은
물살을 거스르며 살아온 내 시간의 모랫벌에
한 알의 진주만 한 의미도 남겨주지 않았습니다.

그러나, 물결에 씻어내지도 못하는
사막 같은 영혼을 헐떡이며
먼 눈길 드리우고 아직도 걷는 까닭은

숱한 죽음과 생명을 품고서도 묵묵한
산맥의 등성이로 눕고자 하는 까닭입니다.
무수한 신비의 보고를 품고서도 잔잔한
아라의 물결로 출렁이고자 하는 까닭입니다

―「사는까닭」전문

「사는 까닭」에서 삶의 오늘과 내일의 꿈을 그려 "별을 스치는 이 바람 소리"를 내고 있다. 그 바람 소리가 관조의 안목으로 내면에 더욱 성숙해져서 독자와 심연이 닿기를 기대한다.

∎∎ 장선(張旋)

1951년 대전에서 출생하였고, 프랑스 보르도 3대학에서 문학박사 학위를 받았다. 서울, 스트라스부르그, 보르도에서 알베르 카뮈와 미쉘 뚜르니에 소설을 중심으로 문체론을 공부하였으며, 성심여자고등학교, 성심여자대학교, 서울대학교에서 학생들을 가르쳤다.

알베르 베갱과 이브 본느후와가 엮은 『성배의 탐색』(1999, 문학동네)을 번역하여 출간하였고, 불어로 쓴 소설 『세상 끝 마을로의 여행(Voyage au bout du monde)』(2006, 파리, 라르마땅(L'Harmattan)을 출간하기도 하였다.

현재 불어로 쓴 두 번째 소설 『님(Nim)』을 마무리하고 있다.

별을 스치는 이 바람 소리

인쇄 · 2014년 10월 17일 | 발행 · 2014년 10월 24일

지은이 · 장 선
펴낸이 · 한봉숙
펴낸곳 · 푸른사상
편집 · 지순이 | 교정 · 김소영

등록 · 1999년 7월 8일 제2-2876호
주소 · 서울시 중구 충무로 29(초동) 아시아미디어타워 502호
대표전화 · 02) 2268-8706(7) | 팩시밀리 · 02) 2268-8708
이메일 · prun21c@hanmail.net / prunsasang@naver.com
홈페이지 · http://www.prun21c.com

ⓒ 장 선, 2014

ISBN 979-11-308-0292-3 03810

값 12,000원

별을 스치는 이 바람 소리